AF495704

SELIM

ET

SÉLIMA,

POÉME

IMITÉ DE L'ALLEMAND,

SUIVI

DU RÊVE D'UN MUSULMAN, 3301

TRADUIT D'UN POETE ARABE,

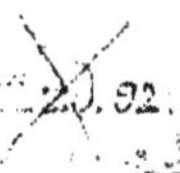

SECONDE ÉDITION.

Revue, & corrigée.

A LEIPSIK;

Et se trouve à Paris,

Chez De Lalain, Libraire, rue S. Jacques.

M. DCC. LXIX.

RÉPONSE

A quelques reproches faits à l'Auteur.

J'AI appris avec chagrin que plufieurs Gens
de Lettres eftimables me reprochoient quelques lignes hazardées dans mes réfléxions fur
la Poëfie Allemande. On a donné le titre
odieux de fatyre à ce qui n'eft que l'effet
d'une fenfibilité trop indifcrette. J'ai outré,
dit-on, le tableau des querelles & des haines
littéraires ; cela prouve au moins que mon
ame y répugne, & l'exagération eft pardon-
nable, quand elle laiffe entrevoir dans celui
qui fe la permet le plaifir qu'il auroit de fe
tromper. Les Chefs de la Littérature ne doivent pas, je le fçai, être compris dans l'ac-
cufation. Ils allient prefque tous les mœurs
aux talents, & apportent dans la fociété un
commerce doux & honnête qui prête un
nouveau charme à leurs écrits ; je fuis l'ami
de la plupart, & l'admirateur du refte ; mais

A ij

4

fuit-on l'exemple qu'ils donnent, & n'eft-ce pas faire leur éloge que de blâmer ceux qui ne leur reffemblent pas ? j'ai cru inutile de les citer ; le Public inftruit ne confond rien, & c'eft fur lui que je m'en fuis repofé pour les exceptions.

Le mot de *Philofophie* eft aujourd'hui devenu fi facré, qu'il faut ou ne le prononcer qu'avec refpect, ou paffer pour détracteur. Perfonne affurément n'eftime & ne refpecte plus que moi les *vrais Philofophes*, c'eft-à-dire les hommes vertueux qui veillent aux progrès de la Raifon. C'eft le plus noble emploi de l'efprit humain ; mais croit-on de bonne foi que ces êtres privilégiés foient en fi grand nombre ? Ils ont été rares dans tous les temps, parce que dans tous les temps il a été rare d'être à la fois éclairé, bienfaifant & courageux. Il s'en eft élevé quelques-uns parmi nous ; ils font défignés par l'eftime générale ; mais combien ces Maîtres cheris n'ont-ils pas de difciples qui les déshonorent ? Les mêmes principes qui, dans une tête vaste & brulante de l'amour de l'humanité, produisent des fruits utiles, se tournent en poisons pour cette foule d'ames séches & d'esprits étroits ; singes misérables qui se disent Philosophes, & proménent dans le monde à la faveur de ce titre leur confiance intrépide, leur froide arrogance, leur égoïsme insolent, & ce despotisme d'opinions qu'ils appellent fastueusement *Amour de la Sagesse.*

Je n'imagine pas qu'on doive une vénération bien profonde à de pareils Originaux. Il est bon quelquefois de leur ôter le masque, parce que sous le masque les méchants sont dangereux, & qu'ils ne le sont plus à visage découvert.

Au sujet des *Bureaux d'esprit*, j'ai eu tort de n'en désigner que cinq ou six. Paris en fourmille, & ce qu'on y desire quelquefois, c'est précisément ce dont ils portent l'affiche : mais comment étoit-il possible que le ridicule tombât sur ce petit nombre de Sociétés

6

choifies où l'Artifte trouve des protecteurs ,
l'homme de Lettres, des amis, & qui n'ont
d'autre but que d'augmenter leurs plaifirs , en
y mettant plus de choix & de délicateffe.

Quoiqu'il en foit , je protefte que mon in-
tention n'a jamais été de bleffer perfonne ;
je maudirois le foible talent que la Nature
m'a donné , fi une feule ame honnête & fenfible pouvoit m'en reprocher l'abus.

J'ai corrigé Sélim d'après la fenfation générale & les avis de quelques gens de goût.
J'ai fupprimé les détails trop longs. Je
fuis loin de m'aveugler fur tout ce qui
manque à mes ouvrages , & l'on me trouvera
toujours docile aux critiques , quand elles ne
feront pas dictées par l'envie de nuire , plutôt
que par le defir d'éclairer. Dans le morceau
de Profe qui précéde le Poëme , j'ai retran-
ché quelques phrafes , quelques mots vagues ,
dont charitablement on a fait des applica-
tions aufquelles je n'avois pas fongé.

IDÉE

DE LA POESIE

ALLEMANDE.

Lorsqu'on nous eut ouvert les fources de la Littérature Angloife, il fe fit bientôt une révolution dans la nôtre. Le François qui s'échauffe aifément & fe refroidit de même, n'accueillit, n'eftima plus que ce qui fe rapprochoit du goût Britannique. Tragédies, Romans, fyftêmes, modes, tout devint Anglois. Nos Dames mêmes fe familiariferent avec les beautés fortes. Les atrocités fe multiplierent fur nos Théâtres, la licence des opinions s'accrut. Notre génie s'altéra par le mélange monftrueux d'un génie qui lui étoit étranger. On s'accoutume à regarder le goût comme un afferviffement puérile à des loix qu'il falloit enfreindre ; & , à chaque perte qu'on faifoit, on fe félicitoit bonnement d'une précieufe acquifition.

On dira peut-être que notre admiration pour le génie Anglois, dans la partie littéraire , eft un facrifice réfléchi de notre amour-propre, un oubli généreux des inimitiés nationales, un effort d'équité , d'autant plus honorable , qu'il nous étoit plus permis d'être injuftes : mais je ne crois point à ce rafinement d'héroïfme , qui n'exifte que dans les rêveries de quelques Patriotes. C'eft dans l'inconftance de nos caracteres, le vuide de nos ames, le peu de profondeur de nos efprits, qu'il faut chercher la caufe des révolutions du goût parmi nous. D'ailleurs , la répétition des plaifirs factices , les feuls peut-être chez les Peuples qu'on nomme policés , eft inféparable de la fatiété, de la langueur & de cette inquiétude

quiétude qui ne fait envifager de vraies jouiffances que dans les richeffes qu'on n'a pas. Au moindre éclair de nouveauté toutes les têtes s'électrifent, s'embrafent, fe renouvellent, & l'on eft bien aife de fecouer pour un moment le fardeau de l'ennui, dût - on s'égayer aux dépens de la Raifon.

La vivacité Françoife commençoit à s'affoupir dans l'habitude des bons ouvrages; nous étions en quelque forte raffafiés de chefs-d'œuvres. Il falloit, pour nous réveiller, des élans téméraires, des hardieffes inconnues, des beautés fans vraifemblance, des effets fans préparation, & ces écarts qu'on traite de fublime, quand on eft las de ce fublime fimple que nos Maîtres alloient puifer dans la Nature. Voilà, à quelques exceptions près, ce que nous avons gagné dans notre correfpondance littéraire avec les Anglois.

Aujourd'hui ce font les Mufes Allemandes

qui prévalent & paroiſſent fixer les regards de
nos Littérateurs : car il faut toujours qu'ils
ayent un objet de culte chez l'Etranger , &
de dénigrement pour leurs Compatriotes
Quoiqu'il en ſoit, cette manie me paroît plus
motivée que la premiere.

Il y a trente ans que la Poëſie Allemande
étoit l'objet de nos plaiſanteries & de nos
dédains. Nous regardions les Allemands
comme des eſpéces d'Automates faits pour
végéter ſous des Puiſſances Electorales. D'un
Ouvrage lourd & mal fait , on diſoit que c'é-
toit un écrit Germanique , & l'on ne prenoit
point la peine d'examiner , ſi l'on avoit tort
ou raiſon.

Je ne remonterai point à l'origine de la
Poëſie Allemande ſous Charlemagne. Ses
traits informes ſous cet Empereur , à peine
développés ſous ceux de la Maiſon de
Suabe, n'offrent rien d'intéreſſant , ſi ce n'eſt

aux Compilateurs, pédants laborieux & triftes qui mettent à contribution les fiécles paffés pour ennuier le leur. L'Hiftoire des Arts eft la même, à-peu-près chez tous les Peuples : c'eft un cahos qui fe débrouille par degrés & s'éclaire lentement, parce que les Hommes de génie font rares, placés de loin en loin, & que la barbarie laiffe après elle une rouille tenace, que des Siécles peuvent à peine emporter. Un Anonyme mit en vers Allemands les Fables d'Efope 400 ans avant *La Fontaine*. Voilà le plus ancien Monument de la Poëfie Allemande. *Opitz* en eft le pere, comme *Malherbe* eft le reftaurateur de la nôtre. Ils fleurirent dans le même tems. *Gunther* & *Rouffeau* étoient auffi contemporains. Tous deux faifoient des Odes; tous deux en ont adreffé une au Prince Eugene; de forte que les progrès des deux Langues ont à-peu-près la même époque; avec cette différence

que la Langue Françoise, étant plus univer-
fellement répandue, fes productions étoient
célebres, lorfque celles des Allemands ref-
toient encore ignorées.

C'eft de ce Siécle que datent leurs fuccès,
leur gloire littéraire, & la juftice tardive que
l'Europe leur a rendue.

Haller fut le premier qui vengea fon Pays
d'une prévention injufte & ridicule. Son *Effai
de Poëfies Suiffes*, (c'eft fous ce titre qu'il
parut, pour la premiere fois) déconcerta nos
idées, pulvérifa nos bons-mots, & nous fit
paffer d'un mépris mal-fondé à une ivreffe
qui pécha auffi par l'excès; car il eft impoffible que nos fentimens, foit en bien, foit
en mal, fe repofent dans un jufte équilibre
détracteurs ou enthoufiaftes, nous fommes
auffi prompts à élever, qu'ardents à détruire
& par là, nous trouverons le fecret de louer
& de blâmer, fans que l'un ou l'autre puiffe

tirer à conféquence. Quoiqu'il en foit,
M. *Gefner* acheva la .révolution commencée
par fon Compatriote. *La mort d'Abel* excita
la plus vive fenfation, & les beaux-efprits de
Londres furent abandonnés pour ceux de
Leipfik, de Zurich, & d'Effeimbourg. Nos
jolies-Femmes oublierent les noms des *Sha-
kefpear*, des *Thompfon*, des *Congréve*,
pour articuler autant qu'il leur fut poffible,
ceux des *Roft*, des *Schlegel*, & des *Karfch*,
des *Cronegk*,des *Klopftok*. M.l'Abbé *Arnauld*
entretint cette difpofition des efprits dans un
Journal très-bien fait,qu'il a trop tôt interrom-
pu. C'étoit en quelque forte l'entrepôt des richeffes du Monde Littéraire, & la Poëfie Allemande lui eft furtout redevable de la faveur
qu'elle a confervée parmi nous. Cette faveur
fubfifte encore aujourd'hui, & le Recueil en
quatre Volumes que vient de nous donner
M. *Huber*, nous met plus que jamais, à

portée de juger quelles doivent être les limites de notre admiration.

On a nommé les Poëtes Allemands les Peintres de la Nature, & l'on a eu raison à bien des égards. Il est vrai qu'ils ne la perdent jamais de vue; ils la surprennent dans ses moindres effets, & sont, pour ainsi dire, à l'affut de ses plus simples opérations. Ils ont le scrupule d'un Amant, lorsqu'il se rend compte de tous les charmes de sa maîtresse; mais cette idolatrie les asservit trop à leur modéle. Elle en fait souvent des Copistes minutieux, rétrécit leur maniere, raméne dans leurs tableaux les mêmes tons de couleurs, & les prive de ces grands traits incompatibles avec le joug de l'imitation. La Poësie est, ou doit être un choix raisonné d'images prises dans la Nature. Il en est beaucoup qu'il faut rejetter sans réserve, &, dans celles qu'on admet, il est encore mille nuances vagues qui

ne doivent point retarder la hardieſſe du pin-
ceau. Un Poëte doit tout voir ; mais doit-il
peindre tout ce qu'il a vû ? Si j'ai à décrire
un ruiſſeau, m'amuſerai-je à compter les cail-
loux ſur leſquels il roule ſon onde ; les fleurs
dont ſes bords ſont tapiſſés, les feuilles va-
cillantes des tilleuls qui l'ombragent ? L'imitation, pour être vraie, n'a pas beſoin d'être
ſervile. En Poëſie, peut-être ſuffiroit-il d'in-
diquer l'image ; c'eſt le ſentiment ſur-tout
qu'on doit approfondir.

Le défaut que j'oſe relever ici dépare
quelquefois les plus belles Poëſies Allemandes.
L'intérêt eſt coupé par d'harmonieuſes inutili-
tés : on voit revenir trop ſouvent *l'Argent des
Eaux*, *l'Or des Moiſſons*, *l'Azur des Cieux*,
les Roſes de l'Aurore, *la Pourpre du Soleil*,
les bandes diaprées des nuages, *les perles de
la roſée*, *les rézeaux tranſparents des gazons
humides*. Ici ce ſont *des feuilles qui ſe taiſent*

sur les extrémités des rameaux. Là c'est la jeunesse des bocages qui marque sa joie par de petits cris.

M. *Kleist* fait un Poëme sur le Printemps. Parmi des peintures charmantes, voici celles qu'on y rencontre.

La Poule, les plumes hérissées, se désole, & rappelle les cannetons qu'elle vient de couver : ceux-ci fuient la voix de leur mere adoptive, & barbotent dans le vivier, dont ils rongent les roseaux. Les Oies allongeant leurs cous & poussant des sifflemens aigus chassent loin de leurs petits le Barbet à long poil. Là bas le Lapin blanc est aux écoutes, & la Colombe se gratte le cou de sa patte pourprine.

On m'avouera que des Oies qui sifflent, une Colombe qui se gratte, un Lapin qui écoute, & un Barbet au long poil pouvoient fort bien ne pas entrer dans une description du Printemps, d'ailleurs pleine d'images nobles, fraîches & riantes. M.

M. *Gefner*, l'un des plus fages, des plus aimables & des plus parfaits Écrivains de l'Alle-
magne , fe permet lui-même quelquefois dans
fes Idiles des fictions un peu trop vuides de
fens & qui tiennent à l'enfance de la Poëfie.

L'Auteur de la Mort d'Abel fuppofe l'A-
mour parcourant les airs debout fur une feuille
de rofe comme le Dieu des mers fur fa conque.
Cette rofe eft découpée en char traîné par des
Zéphirs plus petits que des Abeilles : le Dieu
dirige fa courfe fur le fein de Chloé & s'arrête
fur le bord de fon corfet ; le Dieu alors def-
cend , voltige autour de ce beau fein , & fe
repofe jufte au milieu : enfuite il remonte fur
la feuille de rofe qui s'envole & plane de
nouveau dans les airs. Voilà tout ce que voit
M. *Gefner* en preffant Chloé dans fes bras. Un
Amant moins ingénieux que lui n'auroit vu
que les charmes de fa maîtreffe ; il eût été
quelques momens infidéle à la Poëfie , pour

être tout entier à l'Amour, & n'eût point tranfporté la fiction dans le fein de la plus douce réalité. Il faut fe défier de la baguette de l'imagination ; les prodiges qu'elle enfante reffemblent aux Jardins d'Armide, un fouffle les fait difparoître ; & , à tout prendre, la Raifon eft toujours le guide le plus fûr même pour les Poëtes.

Rien n'eft beau que le vrai, le vrai feul eft aimable.

Les Allemands, en général, ne connoiffent point affez les limites qui féparent les genres : ils confondent quelquefois le trivial & le familier, le fublime & le gigantefque. Je n'en fuis point furpris : le génie eft le créateur des Arts ; le goût feul les perfectionne, & le goût eft l'ouvrage du temps. Il a dû être plus tardif fur-tout chez une Nation qui a longtemps gardé fes anciennes mœurs. On remarque qu'il fuit ordinairement les progrès de la corruption.

Les Odes Allemandes que j'ai fous les yeux vont me fournir quelques idées que je foumets aux lumieres du Public,

Parmi les différens genres de Poëfie l'Ode eft fans contredit un des plus difficiles, & c'eft un de ceux dans lequel les Mufes naiffantes s'effaïent le plus volontiers. On eft convenu de dire que l'Ode doit avoir une marche impétueufe, hardie, pleine de délire, de fougue & d'écarts. Il n'en faut pas davantage pour allumer de jeunes têtes qui fe mettent à déraifonner par principe, & prennent pour de l'enthoufiafme, des idées fauffes, enflées de grands mots, & les rêveries incohérentes d'un cerveau échauffé par artifice. En traçant des régles à l'Ode, il ne falloit pas oublier la bafe de tout Ouvrage en vers, la Raifon ; mais la Raifon jointe à cette imagination rapide, qui franchit les intervalles, court fur les idées intermédiaires, colorie à grands traits, & jette en paffant

des maſſes de lumiere où diſparoît le fil indiſ-
penſable qui la conduit. Ce fil ne manquoit
point à M. *de la Mothe ;* mais il ne ſçut point
le cacher. On rit des vols de l'Opéra, parce
qu'on apperçoit le méchaniſme qui les dirige.
Il en eſt de même des Faiſeurs d'Odes qui ſe
guindent & n'ont qu'un eſſor factice. Quelquefois ils entrevoient le ſublime , ils ne l'at-
teignent jamais.

C'eſt ce qu'on ne dira point de notre admi-
rable *Rouſſeau* ſi haï de ſon Siécle, ſi mal
apprécié par le nôtre, & ſi digne de l'eſtime
de tous deux. Ordinairement l'infortune d'un
grand homme déſarme l'envie, & conſole la
haine : ſa mort au moins lui fait pardonner ſa
gloire & ſes talens. *Rouſſeau* n'a pas même
joui de ce triſte avantage ; il fut malheureux,
il n'eſt plus, il eſt toujours perſécuté. Quel
opprobre pour les Lettres ! les inimitiés qu'elles enfantent ne reſpectent pas même les

tombeaux. Quoiqu'il en foit, l'*Horace* François vivra autant que la Langue dans laquelle
il a écrit, & paffera à la derniere poftérité
comme un modéle d'élévation, de juftefſe,
de pompe, & fur-tout d'harmonie, la premiere qualité d'un Poëte Lyrique. Ses Odes
facrées font prefque toutes des chefs-d'œuvres. Les Odes profanes n'ont de moins que
la grandeur des fujets, fi fupérieurement ra-
chetée par celle de l'exécution. Ceux qui lui
refufent une ame fenfible n'ont pas bien lû
fans doute l'Ode *à la Poftérité*, le Cantique
d'*Ezéchias*, l'Ode *à Philomèle*, celle à M. le
Comte *du Luc*, & plufieurs autres où ce re-
proche eft fi bien démenti.

Après *Rouffeau*, en faveur duquel on vou-
dra bien me pardonner cette digreffion, les
Poëtes Allemands font ceux, je crois, qui
ont le mieux connu le génie de l'Ode. Cela
doit être ; leur caractére a confervé cette fran-

chife mâle, cette indépendance qui con-
vient au ton élevé de la muse Lyrique. Plus
Philosophes que Courtisans, ils ne l'ont point
prostituée à l'adulation, ils aiment mieux célé-
brer des vertus simples, que d'immortaliser
des crimes brillants ; & ils ne briguent point,
pour prix de leurs accords, le sourir mépri-
sant de la grandeur, qu'il ne faudroit jamais
louer que quand elle est utile aux hommes.
Le discrédit de l'Ode vient parmi nous de
l'usage vil qu'on en a fait tropsouvent. Un Sot
est il en place ? c'est une Ode qu'on lui adresse.
Un Monarque réussit-il dans une guerre in-
juste ? on le félicite, dans une Ode, de sa
gloire meurtriére. Le Poëte n'apperçoit que
le Laurier, il ne voit pas le sang qui en dé-
goute. Les Allemands n'ont jamais été coupa-
bles de cette bassesse, leur enthousiasme est
pur. Presque tous leurs Poëmes Lyriques sont
des especes d'Hymnes sacrées, élans involon-

taires d'un cœur affecté d'un sentiment profond, ou d'une imagination échauffée par de grands tableaux. C'est dommage qu'on n'y trouve point assez d'ordre & d'enchaînement dans les idées. M. *De Cramer*, par exemple, a traité beaucoup de Sujets tirés de l'Ecriture ; mais il n'y a pas une seule de ses Odes qui ne manque de cet ensemble & de cette liaison imperceptible qu'on exige, même dans ce genre toujours si mal défini. Cet Ecrivain, en imitant le délire des Prophetes, affecte leur obscurité : il se proméne dans les régions célestes, s'entretient avec les Etres intellectuels, & ne se souvient pas assez qu'il parle à des Hommes. M. *de Wieland* est plus clair, plus suivi, mais aussi est-il moins Poëte que Moraliste : il laisse *David* & *Pindare*, pour *Platon* & *Shaftersbury*. Ses Odes ont trop de raison pour quil ne s'y glisse point de la froideur : ce genre admet les pensées fortes, mais il exclud les Dissertations.

Je ne m'étendrai pas davantage fur les vices que j'ai cru appercevoir dans la Poëfie Germanique. Toutes ces Remarques & toutes celles que je pourrois faire n'empêchent pas que je ne fois un de leur plus zélés Partifans. MM. *Schmidt* & *Gefner* peuvent difputer à *Théocrite* & à *Virgile* le prix du Poëme Paftoral. MM. *Lichtwer* & *Geller* dans les Fables égalent *Efope*, *Phédre*, & n'ont de Maître que *La Fontaine*. L'aimable *Hagedordn* vaut quelquefois *Anacréon*, & M. *Haller* a répandu dans fes productions une Morale faine & aimable qu'*Horace* ne défavouroit pas. Je n'ai garde d'oublier M. *Wieland* à qui nous devons le joli Poëme de *Sélim* & *Sélima*, dont j'offre au Public une foible imitation. La lecture de ce petit ouvrage m'a fi vivement intéreffé, que je n'ai pu me refufer au plaifir de le mettre en vers françois ; mais on ne doit point s'attendre à trouver dans cet effai la fraîcheur,

les

les graces, fur-tout cette couleur tendre &
animée, qui caractérifent l'original.

Ce qui diftinguera toujours les Poëtes Allemands, parmi les autres Ecrivains, c'eft une
forte de naïveté qui tient à leurs mœurs, &
cette fenfibilite profonde qu'ils puifent dans la
contemplation, cette école du génie. La plupart
de leurs ouvrages, fans la reffource des grands
mouvemens, vous touchent, vous attendriffent
par degrés, & aménent enfin ces larmes déli-
cieufes qui partent du cœur & que l'efprit
n'arrache jamais : c'eft qu'ils font fimples &
vrais ; c'eft qu'ils peignent une ame pure, honnête, amie de l'humanité. Un Poëte fur les
bords du Rhin eft, en quelque forte, l'homme
de la Nature ; il ne refpire que pour l'étudier,
il ne l'étudie que pour la peindre. Il ne
connoît ni le fiel de la haine, ni les manéges
de l'ambition, ni les fureurs de la jaloufie :
il n'écrit point feulement pour exifter dans

D

le fouvenir des Hommes; il écrit pour les rendre meilleurs, pour leur préfenter fans ceffe
l'image facrée de la Vertu, ferrer les liens
qui les uniffent, changer leurs devoirs en plaifirs, & les difpofer à ces paffions douces qui
ont fouvent réconcilié le Sage avec la peine
de vivre.

Tels devroient être ceux qui fe livrent au
commerce des Mufes : mais, pour cela, il ne
faudroit point refpirer un air que tous les vices
empoifonnent ; il ne faudroit point habiter
un Païs, où l'égoifme brife tous les nœuds,
détruir tous les rapports, éteint le véritable
enthoufiafme : il ne faudroit point s'aban-
donner à une philofophie qui ferme l'ame, féche
l'imagination, regarde en pitié les arts qui
développent la fenfibilité, & n'apprend rien
à l'homme, finon, qu'il eft méchant & malheureux. O Germanie ! nos beaux-jours font éva-
nouis, les tiens commencent. Tu renfermés

dans ton sein tout ce qui éleve un Peuple au-
dessus des autres, des mœurs, des talens &
des vertus : ta simplicité se défend encore
contre l'invasion du luxe ; & notre frivolité
dédaigneuse est forcée de rendre hommage
aux grands Hommes que tu produis.

L'une des preuves de leur supériorité est
l'union qui regne entre tant de Rivaux, tableau
touchant qui d'un côté éleve l'ame, & de l'autre
la révolte contre celui que nous avons, tous les
jours, sous les yeux. Les *Gesner*, les *Cramer*,
les *Klopstock* &c. &c. sont liés de la plus tendre amitié : ils se suffisent, s'éclairent, se con-
solent, & s'embrassent sous le même laurier.
Jamais la Satyre n'a souillé leur plume : jamais
l'amour-propre ne les a poussés à ces excès
deshonorans, que les plus beaux ouvrages ne
rachetent point aux yeux de la Raison. La
bonhomie, la candeur, la simplicité forment
de ces Hommes de génie une société céleste où

font en commun les lumieres , les peines &
les plaifirs. Quel exemple pour nos gens de
lettres ; mais hélas ! quel contrafte ! il leur eft
échappé , depuis quelques années , une foule
d'écrits polémiques pleins d'emportement ,
d'injures , de fiel , & de baffeffe. A les juger
par le venin qu'ils diftilent , on les prendroit
pour des Théologiens , des Sectaires ou des
dévots : ils fe déchirent, fe calomnient, s'a-
viliffent, tour-à-tour, dans ce beau Siécle qu'ils
ont nommé le Siécle de la Philofophie, de la
bienfaifance & de la vérité. Il femble même
que plufieurs perfonnes dans le monde foient
complices de cette anarchie Littéraire. Ce nouveau genre de gladiateurs amufe leur indolen-
ce , les entretient dans une joie maligne, & leur
fournit une occafion de méprifer ; plaifir vraiment fenfuel pour ceux qui ne s'eftiment pas
eux-mêmes ! fur notre Parnaffe , tout eft parti ,
brigue & convention : Paris compte une foule

de Bureaux d'efprit, qui forment autant de
Publics différents, tous redoutables, exigeants
fufceptibles, jaloux de leur fouveraineté : chacun d'eux favorife fes créatures; les arrêts des
uns font caffés par les autres. On connoît de
ces Mécénes fubalternes, qui s'établiffent ennemis irréconciliables de gens qu'ils n'ont jamais
vûs, & les déteftent par procuration, fi l'on
peut le dire, fous le feul prétexte qu'ils ne font
pas de leur cotterie, & ne s'extafient pas pour
leurs protégés. Dans cette fureur de cabales,
dans ce choc d'intérêts oppofés, les haines
s'allument, fe prolongent, deviennent éternel-
les. Voilà, je crois, une des caufes de toutes
les querelles qui s'élévent parmi nos beaux-
efprits infortunés; car je leur rends affez de
juftice pour croire que leur cœur a gémi plus
d'une fois des travers de leur imagination : il
eft impoffible qu'ils réfléchiffent un moment,
fans rougir de ces foibleffes qui les déshono-

rent, énervent leur génie, tuent leur fenfibilité, & leur enlevent la plus douce récom-
penfe de leurs travaux, en les privant de l'af-
fection de leurs contemporains.

Il eft bien fûr que dans cette efpéce d'état
de guerre où fe trouve aujourd'hui la littérature, une tête un peu ardente a de la peine à fe
contenir & à fe défendre contre le torrent :
fouvent un efprit né bon fe dénature par l'e-
xemple, par l'afcendant des circonftances &
l'entraînement des mœurs publiques. Mais ne
vaut-il pas mieux fournir des moyens d'échap-
per à la contagion, que d'alléguer des motifs
qui la juftifient ?

O toi, qui facrifies aux Mufes comme à
des Furies ; toi qu'attriftent les fuccès de tes
Rivaux ; toi, dont l'ame foible, languiffante &
flétrie, fe croit active & forte, parce qu'elle
fent la haine & connoît la vangeance ; fi tu es
jeune encore, il eft un moyen de te guérir ;

fuis, malheureux, fuis avec un Ami, s'il t'en
reſte un, dans la profondeur des ſolitudes cham-
pêtres: là, reſſuſcite en toi l'Homme éteint,
l'homme dégradé, l'homme enfin mort au bonheur & à la vertu : rajeunis tes ſens, tes idées,
léve tes regards, vois, & reſpire. Tout brûlé
des paſſions de la Ville, tu as beſoins d'un air
pur qui te vivifie, de ſpectacles qui t'aident à
penſer. Contemple, ce qu'on n'apperçoit pas à
travers nos brouillards & nos vices, la pompe
des Cieux, la majeſté des Campagnes, ce calme intéreſſant qui crie à l'homme ſenſible ; *re-*
viens à la Nature. Enfoncé dans ſon ſein, tu
rougiras bientôt de cette exiſtence artificielle
que tu traînois dans l'opprobre, ayant toujours
la gloire en perſpective : tu conviendras que
cette gloire même ne vaut pas les travaux
qu'elle coûte, les ennemis qu'elle attire, les
regrets qui l'accompagnent ; & tu n'immoleras
plus la paix d'un cœur libre à ce météore fugi-

tif, qui prefque toujours échappe aux vivans; & ne fe fixe qu'autour de quelques tombeaux que l'Envie lui difpute. C'eft au milieu de ces leçons fortes & touchantes que l'efprit s'éléve & qu'on ceffe de haïr fes femblables. Aux convulfions de l'amour-propre fuccéderont les épanchemens de l'amitié, une douce énergie remplacera la fiévre qui te dévoroit, &, dans une extafe tranquille, des larmes couleront de tes yeux deffillés : ces larmes involontaires & muettes qui prouvent que la bienfaifance n'eft point étrangère à l'Etre émû qui les répand. 'Alors, replonge-toi dans le cahos des Villes ; tu leur dois un exemple : alors, fi tu le veux, écris, tu feras éloquent, & tu pardonneras à ceux qui le feront plus que toi. Dans tes ouvrages pafferont quelques teintes de ces tableaux vaftes qui t'auront frappé ; & tu fentiras, qu'il faut commencer par être bon, avant de fonger à devenir fublime.

SELIM

Ch. Risen inv. H. De Ghendt Sculp.

SÉLIM
ET SÉLIMA,
POËME.

Loin de l'orgueil des cours, loin du fracas des villes
Sélim jeune & charmant, formé pour le bonheur,
Sous de ruſtiques toits couloit des jours tranquilles,
Et dans l'indépendance avoit mis ſa grandeur.
Eſprit, graces, nobleſſe, ame ſenſible & pure,
Sélim raſſembloit tout, hors cet organe heureux,
Qui voit, parcourt, embraſſe & la Terre & les Cieux
Et ſans qui l'homme, hélas ! eſt mort à la Nature,
Aveugle à ſa naiſſance, il n'apperçut jamais
Ces vaſtes horiſons où s'égare la vue,
Ni les formes des corps, ni ces brillants effets,
Ces couleurs dont le jour dore & teint les objets,
Ni de ce globe en feu la ſuperbe étendue.
Un céleſte rayon dans ſon ame avoit lui ;

E

Mais l'augufte Univers étoit fermé pour lui.

Sa bouche cependant n'exhale aucune plainte:

Jamais, loin de fa fphére, il n'étend fes defirs ;

Des regrets importuns il repouffe l'atteinte ,

Et toujours près de lui retrouve fes plaifirs.

Ce qui charme furtout fa paifible exiftence ,

C'eft Sélima, l'honneur des hameaux d'alentour ;

Sélima fa compagne , objet de fon amour ;

De cet amour fi doux , commencé dès l'enfance,

Accru dans la jeuneffe , & payé de retour.

Ils s'adorent tous deux fans remords & fans crainte;

Jamais un tendre aveu n'améne un repentir :

Ils ne connoiffent point la bizarre contrainte

De n'ofer exprimer ce qu'Amour fait fentir.

Les attraits fabuleux, la grace enchantereffe

Dont, aux dépens d'Hébé , de Flore & de Cypris,

Tibulle , Ovide , Horace ont paré leur maîtreffe ,

La feule Sélima les a tous réunis.

Son regard eft femblable aux rayons adoucis

Que fur les nuits d'été Diane aime à répandre :

On voit dans ſes yeux bleus le reflet d'un cœur tendre ;

Son teint eſt animé du plus frais coloris,

Et préſente au Zéphir, heureux de s'y méprendre,

La pourpre de la Roſe, & la blancheur du Lis ;

Mais ce divin accord des couleurs les plus belles

Vainement pour Sélim brilloit dans Sélima :

Il ne la voïoit point ; cependant il l'aima.

Amours de l'âge d'or, vous étiez moins fidelles !

    Dans un de ces beaux jours dont brille le printems,

Quand le Lilas ſe mêle à l'Épine fleurie,

Viens, Sélima, dit-il ; viens, ô ma ſeule Amie,

Je me ſens invité par la fraîcheur des champs ;

A travers les roſiers le Zéphir nous appelle,

Une influence pure a réchauffé les airs,

Les hôtes des forêts reprennent leurs concerts,

Ils chantent le retour de la ſaiſon nouvelle.

Viens chercher avec moi le plus prochain vergers ;

Des vents doux, ſecouant leurs aîles careſſantes,

Diſperſent le parfum des tiges renaiſſantes,

Et portent juſqu'à nous l'odeur de l'oranger.

E ij

Le Rossignol pour toi médite un air plus tendre.

Les fleurs vont sur tes pas frémir de volupté :

Ces ondes, qui de loin semblent se faire entendre,

Interrompront leur cours, à tes pieds arrêté.

Reçois l'encens des fleurs, & celui des bocages ;

Reçois de l'Univers les amoureux hommages :

Tu les mériterois, même sans la beauté.

Sélima l'accompagne au fond d'un bosquet sombre,

Où le réséda croît, sur le bord d'un ruisseau

Dont la fraîcheur ajoute à la fraîcheur de l'ombre,

Et qui voit le Jasmin se mirer dans son eau.

C'est là que ce beau couple, ivre avec innocence,

Réunit en un point tous les instans du jour :

C'est là qu'il ressentit ta divine influence,

Jeunesse de l'année, ô saison de l'amour,

Salutaire Printems ! de leurs branches touffues

Des Saules enlacés couvroient nos deux Amants.

Combien de vérité dans leurs épanchemens !

Le plaisir suspendoit leurs ames confondues :

Un seul de leurs soupirs valoit tous nos sermens.

Ils s'éloignent enfin de ce bois folitaire.

Quel air pur & ferein, s'écrioit Sélima !

Je fens jufqu'à mon cœur pénétrer la lumiere.

Soleil, Aftre de feu, dont le regard m'éclaire,

Toi, que l'Etre éternel de fon fouffle alluma,

Qui luis & fur les monts, & fur l'humble bruyère;

Oui, c'eft de tes raïons que le Ciel nous forma.

O quel raviffement de voir dans les bocages,

Ton or étinceler fur les naiffans feuillages,

Flotter fur les moiffons, fe jouer fur les fleurs !

Sélim, ô mon Ami, toi que l'Etre fuprême

Me donna, pour combler fes plus chères faveurs,

Que ne peux-tu goûter, auffi bien que moi-même,

Le charme du Soleil & celui des couleurs !

Quel eft donc, dit Sélim, le tranfport qui t'agite,

Ce fentiment profond, fi plein de volupté ?

D'où vient qu'à le connoître en vain mon cœur s'excite ?

Moi, je n'éprouve rien, (& même à ton côté,)

Lorfque ta voix me nomme ou l'ombre ou la clarté.

Qu'eft-ce, ma Sélima, que le verd des prairies,

Les reflets du Soleil sur les plaines fleuries,

Les couleurs, leur effet, & leur variété?

Le doux parfum des champs m'a toujours enchanté;

Quand je touche au gazon, sa moleſſe me flate,

Mon ame eſt pour les ſons ſenſible & délicate;

Mais le reſte pour moi n'eſt plus qu'obſcurité.

Ce Soleil cependant, ce Soleil ſi vanté,

Précipite mon ſang, l'échauffe, le dilate :

Je ſens ſon influence, & non pas ſa beauté.

Seroit-il préférable aux vapeurs odorantes

Que répandent dans l'air les zéphirs du matin ?

Surpaſſe-t-il enfin ces extaſes charmantes

Que j'éprouve, en preſſant Sélima ſur mon ſein ?

Combien alors le ſens, que tu nommes la vue,

Paroîtroit le plus doux à mon ame éperdue !

Quel eſt donc ce myſtère, & quel bonheur, dis-moi,

Peut manquer à Sélim ſi fortuné par toi ?

Quand ſur un lit de fleurs, près d'une ſource pure,

J'abandonne mes ſens aux charmes du repos,

J'entends avec plaiſir la caſcade des flots.

L'arbre qu'émeut le vent me plaît par son murmure.

Au rameau qui frémit, à la chute des eaux,

Longtems, quoiqu'assoupi, je prête encor l'oreille;

Zéphir rafraîchit l'air, & son souffle m'éveille,

Dans un monde nouveau je me crois transporté,

Et ne sors, Sélima, de cette ivresse heureuse,

Que quand un Rossignol, sur ma tête arrêté,

Exprime en sons plaintifs sa langueur amoureuse,

Et soupire les feux dont il est agité.

Mon cœur se laisse aller à sa tendre harmonie :

Alors, tous mes esprits & tous mes sentimens

Demeurent enchaînés par cette mélodie,

Le charme des Mortels & surtout des Amans.

Oui, d'un Dieu même alors la présence m'enflâme;

Il me parle, il m'embrase, & semble, en ces momens,

Dans chacun de mes sens distribuer mon ame.

Mais rien, ô Sélima, rien ne peut égaler

Ce feu subtil & doux, cette ardeur pénétrante,

Ce délire amoureux dont je me sens troubler,

Quand j'enlace mes bras aux bras de mon Amante.

Idole de mon cœur, que n'éprouvé-je pas ;

Lorſque j'entends de loin le ſeul bruit de tes pas!

Qu'eſt-il de comparable aux baiſers de ta bouche,

A ces baiſers donnés & rendus tour-à-tour,

Au taƈ ſi délicat de ta main qui me touche,

Au doux ſon de ta voix quand il peint notre amour!

    Que j'aime ce tranſport, repartit la Bergere!

Ton amour me ravit : ah ! l'ai-je mérité ?

M'aimeras-tu toujours ? Certaine de te plaire,

Non, je ne veux jamais d'autre félicité.

Si tu changeois, hélas! j'en mourrois de triſteſſe...

Mais tu ne peux changer ; nos cœurs ſont trop unis;

Par de ſecrets liens ils ſont trop aſſortis ;

Et le tems doit encore affermir leur tendreſſe.

Mais,dis,mon bien-aimé,dis-moi donc quel bonheur,

Qu'eſt-ce qui m'a valu le préſent de ton cœur ?

Au comble des plaiſirs, leur cauſe m'intéreſſe.

C'eſt par les yeux ſur-tout que l'Amour s'introduit;

Sur des charmes divers il fonde ſon empire :

Chacun cherche, en aimant, l'attrait qui l'a ſéduit;

L'un

L'un aime un teint de rose,&l'autre un doux sourire;

Pour un air de candeur celui-là s'attendrit ;

Cet autre céde enfin au regard qui l'attire.

Moi que tu n'as point vue, & qui ne sçais qu'aimer,

Quel est donc mon secret pour t'avoir sçu charmer ?

A peine je connus & je goutai la vie,

Dit Sélim, en serrant la main de Sélima,

Mon ame fut sur-tout ouverte à l'harmonie.

Plus que tous les plaisirs, ce plaisir m'enflâma.

Pendant les jours entiers j'allois dans les bocages

De leurs hôtes ailés écouter les ramages.

L'Abeille bourdonnant dans le creux des vallons,

La source qui murmure à travers les buissons,

Sous les saules fleuris le roseau qui soupire,

Et le Zéphir, errant sur la cime des monts,

Tout cela me charmoit plus que je ne puis dire.

Un soir, c'étoit le soir d'un beau jour du printems,

Je rêvois, étendu sous la verte feuillée,

Respirant la Nature & le parfum des champs:

Soudain par une voix mon ame est réveillée,

F

J'écoute... C'étoit toi ; fous un ombrage frais ,
Solitaire , croyant n'être pas entendue ,
Dans le calme des bois , plus libre & plus émue ,
Tu permis à ta voix de trahir tes fecrets.
Je fentis à l'inftant une flamme inconnue ;
Je favourois ces fons , cet accent féducteur
Qu'un trop fidéle écho répétoit à mon cœur.
Tu ceffas , & je crus que j'allois ceffer d'être.
Combien il m'échappa de pleurs & de foupirs !
Je cherchois cette voix qui m'avoit fait renaître;
J'avois , en la perdant , perdu tous mes plaifirs.
Je crus la retrouver , je crus encor l'entendre.
A mon illufion mon cœur abandonné
Chériffoit une erreur qui le rendoit plus tendre ,
Et de fes mouvemens il fembloit étonné.
Cette voix réfonnoit fans ceffe à mes oreilles ,
Me fuivoit dans les bois, fous l'abri de nos treilles,
Et de fes doux accords j'étois environné.
Que devint , Sélima, le Mortel qui t'adore ,
Lorfqu'en tes bras porté pour la premiere fois ,

Dans tes difcours touchans il reconnut la voix,

Qui l'avoit tant féduit, qui le féduit encore?

Peindre ce fentiment, ce feroit l'affoiblir.

Je tombai fur ton fein ....accablé de plaifir.

Tu fçais depuis ce temps, par quelle fympathie

Se font liés nos cœurs toujours plus amoureux;

Comment ils ont compris, qu'en leur donnant la vie,

L'un pour l'autre le Ciel les a formés tous deux.

Tu fçais bien que te plaire eft mon unique envie,

Et que ton cher Sélim, te confacrant fes jours,

Ne veut d'autre bonheur que de t'aimer toujours.

J'ai pourtant quelquefois defiré l'avantage,

Que notre Dieu t'accorde, & qu'il m'a refufé;

Mais fi de cette ardeur je me fens embrafé,

C'eft pour le contempler dans fon plus bel ouvrage;

C'eft pour voir Sélima : qu'il voile à mes regards

Cet éclat dont tu dis que le Ciel fe décore,

La pompe du Printems, le lever de l'Aurore,

Tout ce que tu m'as peint des nuages épars.

Arbitre fouverain; Etre bon que j'attefte,

F ij

Devant qui de nos cœurs les replis font ouverts ;.

Montre-moi ce que j'aime, & cache-moi le reste :

Si je vois Sélima, j'aurai vû l'Univers.

Mais parle, ce desir pourroit-il être un crime ?

Souvent, quand nos Bergers célébrent tes appas ,.

Je rougis en secret de ne comprendre pas

Ce que leur œil saisit, ce que leur bouche exprime.

Qu'est-ce qu'ils veulent dire, en vantant tes cheveux

Qui tombent sur ton sein en longs anneaux d'ébéne,

Et ta gorge d'albâtre, & ton œil plein de feux ,

Et tes bras, où l'azur nuance chaque veine ?

Ma chere Sélima, quel seroit mon bonheur,

Si le Ciel tout-à-coup m'accordoit la puissance

D'entendre tes regards, d'y lire ton ardeur ;

De m'enivrer des biens que donne ta présence ,.

Et de surprendre enfin dans tes yeux éperdus

Tout ce que ta belle ame enferme de vertus !

Qu'il doit être touchant cet inconnu langage ,

Ce sens qui, m'as-tu dit, réunit tous les sens ,

Interprète muet de tous les sentimens ,.

Qui parle, qui répond, explique le visage,
Retentit sans les sons, parle sans les accens!
Par lui supportant mieux les ennuis de l'attente,!
T'appercevant de loin, je te verrois présente,
Et volerois d'avance à tes embrassemens;
Bienfait vraiment céleste! O faveur ravissante!
Quel trésor, Sélima, pour le cœur des Amans.

Eh bien! dit-elle, Eh bien! mon Ami, prens courage,
L'espoir se glisse encor dans mon cœur amoureux;
Tu n'es pas loin peut-être, au moins je le présage,
D'obtenir, de goûter ce doux présent des Cieux.

Mais, déjà le Soleil, caché par la montagne,
De ses rayons mourans effleuroit la campagne,
Et la fraîcheur des nuits, descendant sur les bois,
Invite nos Amans à rentrer sous leurs toits.
Le plaisir leur sourit du seuil de leur chaumière,
Et le sommeil bientôt va fermer leur paupière.

Sélima respiroit un repos précieux,
Lorsqu'elle vit en songe un habitant des sphères,
Le plus consolateur des esprits tutélaires.

Et le plus satisfait, lorsqu'il voit des heureux.

Sa tête raïonnoit des plus vives lumières;

Des touffes de jasmin renouoient ses cheveux.

D'une voix, qu'on prendroit pour le son d'une lyre,

Il dit à Sélima qui l'écoute & l'admire :

Jeune fille, je viens pour couronner tes vœux.

Mes regards ont vû croître, & fleurir ta jeunesse,

Et dirigeant tes pas, quoiqu'absent de tes yeux,

Je t'ai, dès le berceau, prodigué ma tendresse.

Sur le sein de ta mère alors que tu jouois,

Oui, c'est moi, Sélima, moi, que tu caressois.

C'est moi qui fus témoin de ton premier sourire.

J'allois, pendant l'Eté, rafraîchir ton sommeil,

Et semois sur ton teint les roses du réveil ;

C'est par moi seul enfin que Sélima respire.

Je lisois dans ton cœur aux matins du printems,

Lorsque, sans le sçavoir, de desirs consumée,

Errante sans dessein sous les berceaux naissans,

Tu sentois le besoin d'aimer & d'être aimée.

Je veillois dans ce bois, inaccessible au jour,

Où Sélim vint t'entendre, & connoître l'amour.

Vous êtes vertueux, votre fort m'intéreffe ;

Votre bonheur importe à la Divinité.

Oui, ton Sélim verra le jour & fa maîtreffe ;

Et des mains de l'Amour recevra la clarté.

Au fommet de ces monts qui couronnent la plaine,

Un ruiffeau prend fa fource, & s'enfuit fur l'arêne.

Là naît, parmi des rocs, un végétal puiffant,

Une plante divine, aux humains peu connue,

Son parfum la décéle, elle échappe à la vue ;

Sa fleur jette l'éclat de l'or le plus brillant ;

Mais elle croît fous l'herbe, & fans être apperçue,

Comme tant de tréfors, qui germent fous vos pas,

Et pourroient des mortels retarder le trépas.

Cours, détache fa fleur de fa tige odorante ;

Sur les yeux de Sélim il faudra l'exprimer :

Tu verras auffitot fes regards s'enflâmer ;

Le jour naîtra pour lui, fous les doigts d'une Amante.

　Il dit, & difparut, dans les airs emporté.

A fon raviffement Sélima s'abandonne ;

Ce rêve l'attendrit bien plus qu'il ne l'étonne :

Elle en prévoit la fuite , & son cœur enchanté,

Au gré de ses desirs, y voit la vérité.

Elle se léve, & court, dès l'Aurore naissante.

Plus doux matin jamais n'annonça jour plus beau.

Le mont perce la nue, & déjà se présente.

Sélima reconnoît le sinueux ruisseau

Qui sourdit dans les rocs, & s'échappe & serpente ;

De la plante embaumée elle a senti l'odeur :

Elle accourt, l'apperçoit, &, d'une main tremblante,

Pour obéir au Sylphe , en détache la fleur.

Fiére de ce trésor, elle jouit d'avance

Des transports de Sélim , de sa reconnoissance ,

Lorsque muet, ravi, les yeux par elle ouverts,

Au sein de son Amante , il verra l'Univers.

De ses plus vifs rayons le Midi se couronne.

Sélima ne sent point le poids de la chaleur :

La joïe est dans ses yeux ainsi que dans son cœur.

L'Amour sçait alléger les travaux qu'il ordonne.

Le chemin disparoît, la fatigue avec lui.

Mais

Mais cependant Sélim, plongé dans son ennui,

S'inquiéte, frémit, appelle son Amante,

Qu'a-t-elle fait, depuis que le Soleil a lui ?

Sélim n'est plus heureux, sitôt qu'elle est absente.

Elle revient enfin, & l'Amant ranimé

Se contente bientôt d'une légére excuse :

En des bras caressants il tombe désarmé,

Sélima voudroit feindre, & déja s'en accuse.

Toute entiere à l'espoir qui la fait tressaillir,

Elle n'ose expliquer, ni cacher son plaisir.

Près de leur humble toit s'éleve une colline,

D'où l'œil au loin s'étend sur de riches vallons,

Des païsages frais, d'abondantes moissons,

Des forêts, des vergers que sa hauteur domine :

C'est là que, sous l'abri d'un buisson d'aubépien

Ils s'en vont quelquefois, vers la fin d'un beau jour,

Dans la douce langueur d'une extase divine,

Cacher à tous les yeux leur solitaire amour.

Ils y montent tous deux ; pleins d'impatience

Le cœur entre la crainte & l'espoir palpitant,

G

La tendre Sélima, qui compte chaque inftant ,
Ofe enfin de la plante éprouver la puiffance.
Sur les yeux de Sélim par des foins bienfaiteurs
Elle exprime en tremblant le philtre falutaire ;
C'eft l'Amour qui conduit la main de la Bergere ;
Les zéphirs pefent plus en courant fur les fleurs.

    L'épreuve réuffit, la membrane fe brife,
Le rayon de la vue étincelle , & foudain
Notre Amante charmée encor plus que furprife
S'échappe & fuit derriere un Olivier voifin.

    Affailli des clartés dont brille l'hémifphere,
Il n'apperçoit d'abord qu'un océan de feux ;
En les éblouiffant, tout échappe à fes yeux.
Il veut en vain fixer ce faifceau de lumiere ;
Son éclat eft fi vif qu'il ne peut l'endurer,
Et le Soleil l'aveugle au lieu de l'éclairer.
Cependant il s'effaye, il diftingue , envifage,
L'horifon par degré devant lui fe dégage....
Sélim voit ; tout fon corps frémit d'étonnement,
L'Univers s'offre à lui dans fa pompe riante,

Et dans cette faifon où la Nature enfante ;

Chaque regard lui caufe un long enchantement.

Il voit de mille objets l'étonnante Féerie ;

Le Soleil à flots d'or inonde les côteaux ,

Et par cent jets de feu fait fcintiller les eaux.

Tout refplendit au loin : cette herbe eft refleurie ,

L'azur des Cieux fe peint au criftal des ruiffeaux,

Le lierre fur ces monts aux palmiers fe marie ,

Et ces cédres ont vu reverdir leurs rameaux.

Quel fpectacle , ô Sélim ! Il demeure immobile ;

Il admire d'un œil fixe & refpectueux ,

De la Terre & du Ciel l'ordre majeftueux,

Et de l'Aftre des Jours l'orbe augufte & tranquille.

Longtems muet, enfin il exprime en ces mots

Les tranfports excités par tous ces grands tableaux.

Qu'éprouvé-je ! quel monde à mes yeux fe découvre !

Où laiffai-je mon corps ? dans cette immenfité ,

Devant moi tout-à-coup eft-ce le Ciel qui s'ouvre !

Mon œil erre incertain , toujours plus enchanté.

Que d'effets , de tréfors , de formes inconnues !

G ij

Eſt-ce la vue, ô Dieux ! ſont-ce là les couleurs ?

Eſt-ce là le Soleil qui brûle au haut des nues ,

Et dont l'éclat au loin vacille ſur les fleurs ?

Q el rayonnant amas de beautés que j'ignore !

Q ie de ſenſations pour moi viennent d'éclore !

D'où vient qu'interrompus les ſons & les accens

Ne viennent plus frapper mon attentive oreille !

La vue a-t-elle en moi détruit les autres ſens ?

Mon odorat n'a plus de parfum qui l'éveille.

Les oiſeaux du bocage ont oublié leurs chants.

Mais non ; voici mon corps ; j'occupois cette place :

La Roſe ſous mes pas exhale ſon encens ;

Les oiſeaux m'ont rendu leurs concerts raviſſans,

J'acquiers de plus en plus ; rien en moi ne s'efface.

C'eſt moi..mais Sélima..quel eſt mon trouble affreux!

De ſes doigts délicats elle a preſſé mes yeux ;

Elle m'a fui ſoudain ; mon ame eſt allarmée.

Ah ! ne m'entends-tu pas ? Ah ! dis , ma bien-aimée,

Qu'ai-je beſoin ſans toi du ſpectacle des Cieux ?

C'eſt pour tout embellir que mon Dieu t'a formée.

Peut-être es-tu le prix du préfent qu'il m'a fait ?

Quoi ! veut-il me forcer de haïr fon bienfait ?

En vain fur cent Beautés mon œil ravi s'éclaire.

C'eft pour voir Sélima que j'aime la lumière.

Dieu ! m'enlevant l'objet qui me rend fortuné,

Tu m'ôterois bien plus que tu ne m'as donné.

Referme l'Univers, & rends-moi mon Amante :

Ce fuperbe appareil ne vaut pas mes amours.

Avant tes dons, hélas ! mon ame étoit contente,

Et, grace à Sélima, j'ai connu les beaux jours.

Où fuis-je ? Je me meurs. Quelle extafe foudaine !

Et quel feu dans mon fang coule de veine en veine?

Vers quel objet nouveau je me fens emporté !

Je nage dans la joie & dans la volupté.

Ah ! je n'avois rien vu... c'eft Sélima ! c'eft elle !

Mon cœur m'en avertit encor plus que mes yeux.

Oui, c'eft toi, je le fens, je fuis enfin heureux !

Le Ciel eft plus ferein, & la Terre eft plus belle.

Révai-je ! eft-il bien vrai ? Sélima, je te vois :

Puiffé-je en un inftant te regarder cent fois !

Voilà ton front serein, voilà ta chevelure,

Que l'éclat de tes yeux embellit la Nature !

Tu me l'avois bien dit : sans doute dans ces yeux

Se peint le sentiment de ton ame si tendre.

Dans tes moindres regards elle aime à se répandre.

Je me sens éblouir... Ah ! détourne leurs feux.

Arrête... Que fais-tu ?... J'ai perdu la lumiere...

Ne me les cache plus...Veux-tu donc mon trépas ?...

Que s'éteigne plutôt le Soleil qui m'éclaire !

Mon ame est dans la nuit, quand je ne les vois pas.

Leur muette éloquence & m'échauffe & m'étonne.

Oui, c'est là que mon cœur au tien s'ouvre à son tour.

Ma chere Sélima, je tremble, je frissonne,

S'ils cessent un instant de me parler d'amour.

    Tels étoient ses discours, ses transports, son délire.

L'aspect de son Amante a rajeuni ses sens ;

Ce n'est point le Soleil, c'est elle qu'il admire.

Il admire, il contemple, il baise en même temps ,

Cette bouche où la rose & fleurit & respire ;

L'ébéne si vanté de ses cheveux flottans,

Son sein demi-voilé qui sans cesse l'attire ;

Et les yeux de Sélim, peignant ce qu'il desire,

Sont avides toujours, quoique toujours contens,

O Ciel ! s'écrioit-il, en la voyant sourire !

Tu combles mes desirs & ma félicité :

Tu choisis le printems pour m'offrir la beauté !

La paisible clarté décroît par intervalle ;

D'une teinte plus douce elle empreint les tableaux,

L'œil de Sélim, errant dans un riche dédale,

Voit la Nature encor sous des aspects nouveaux,

Mais insensiblement les ombres s'épaississent ;

Le crépuscule éteint & confond les couleurs.

Les vallons, les vergers, les côteaux s'obscurcissent ;

C'est à leurs parfums seuls qu'on reconnoît les fleurs,

Et la nuit qui s'approche, en dépliant ses voiles,

Seme autour de son char l'or mouvant des étoiles,

La tranquille Phœbé se léve avec splendeur,

Et parcourt de l'Ether la vaste profondeur.

O calme intéressant de la nuit solitaire !

Une gravité douce, une agréable horreur

S'empare de Sélim, qui bien loin de la Terre
Éléve vers le Ciel son esprit & son cœur.

Après un long silence il tourne avec extase
Ses yeux vers Sélima que ce regard embrase,
La presse entre ses bras, &, dans ce doux moment,
Son sein est inondé des pleurs de son Amant.

Emporté loin de lui par un transport sublime,
Sélim s'écrie alors! qu'il est grand, Sélima,
L'Etre qui fit les Cieux, l'Etre qui te forma!
Il dit, le cahos cesse, il souffle, tout s'anime.
Partout dans chaque objet je le vois, je le sens :
C'est lui qui parfuma l'haleine du printemps.
Tout ce Ciel étoilé roule au bas de son Trône.
Il colore la nue, il rafraîchit les vents,
Il vit, & se répand dans l'air qui m'environne.
Sélima, Sélima, consacrons-lui nos jours,
Si fortunés par lui, bénissons-le toujours;
Et pour culte offrons-lui le bonheur qu'il nous donne.

LE

LE RÊVE
D'UN MUSULMAN.

Les Zéphirs se jouoient dans les tresses de Flore;
Les gazons parfumés invitoient les Amans,
Et le Soleil doroit de ses rayons mourans
Le faîte du Serrail & les flots du Bosphore.

  Pressant des piles de carreaux,

  Un cercle de jeunes Sultanes,

  Dans les Jardins, loin des regards profanes,

Respiroit tristement le frais & le repos.

Ministres assidus de la mélancolie,

Leurs affreux Surveillans augmentoient leurs douleurs,

Tels des épouvantails, placés dans la prairie,

Écartent les oiseaux du calice des fleurs.

Cependant le Muphti, dans sa belle retraite,

  Débarrassé du Service divin,

  Sous des bosquets de mirte & de jasmin,

H

Panché fur une Efclave amoureufe & difcrette,
    Oublioit dans des flots de vin,
Sa raifon, la Mofquée, & la Loi du Prophéte.

   Le jeune Ufbeck, fage dès fon printems,
Le front baiffé, l'œil fixe, erroit fur le rivage :
Il méditoit, quel emploi pour fon âge !
Sur le fort des Mortels, trompés par les méchans.

   Il étoit bon, fur-tout plein de courage,
Ami des malheureux, ennemi des tyrans.
De fa Religion les abfurdes chimères,
Loin de l'édifier, allumoient fa fureur.

   Il ne voyoit dans fes honteux myftères
Qu'un hardi fanatifme, appuyé fur l'erreur,
Son Dieu deshonoré par un Légiflateur,
Et le glaive toujours prêt d'égorger fes frères.

   Roi des Cieux, difoit-il, ô toi, qui vois mon cœur,
Suffoqué de fanglots & de larmes amères,
    Daigne y verfer tes plus pures lumières ;
    Sois mon arbitre & mon confolateur.
    Quel eft, grand Dieu, le culte qui t'honore ?

Où se cache la vérité ?

Un Fourbe l'enseigna ; moi, je la cherche encore.

Ah ! le doute est vertu, dans cette obscurité.

Dis, & le jour naîtra : parmi l'or des nuages,

Parois, parle toi-même aux malheureux humains ;

Dis-leur ; voilà ma Loi. Que la voix des orages

Annonce aux Nations tes decrets souverains ;

Et, si la foudre échappe de tes mains,

Que ce soit pour punir nos Prêtres & nos Mages

Qui, te substituant mille fantômes vains,

De leur fausse doctrine empoisonnent les âges.

Sois le Dieu, le Pontife, écrase nos autels ;

Que sous les mêmes traits la Terre te contemple ;

Bientôt, l'Astre formé de tes feux immortels,

Dans l'Univers entier ne verra plus qu'un Temple.

Tels sont du jeune Usbeck les discours & les vœux.

Accablé de fatigue, il s'arrête, il succombe,

Et, dans un bois sacré, sous des palmiers il tombe.

Un doux sommeil vient lui fermer les yeux.

Il voit en songe, au séjour du Tonnerre,

H ij

Un long amas de nuages brillans,

Comme des vagues d'or, nageant dans l'atmosphere,

Qui, réunis en groupes transparens,

Que le plus pur Soleil éclaire,

S'assemblent sur sa tête, &, descendus sans bruit,

En mille échelons de lumiere,

Touchent jusqu'aux gazons qui lui servent de lit.

Du ceintre brillant de ces nues,

En s'enlaçant, se glissent deux à deux,

Quel rêve ! quels objets ! de jeunes Filles nues,

Dignes par leurs attraits des habitans des Cieux.

L'air s'embaume de leur haleine,

Dans tous leurs mouvemens se peint la volupté.

Sur tant d'appas l'œil s'égare enchanté,

Et, quelque part qu'il se proméne,

Il voit éclore un charme, & naître la beauté.

Au faîte lumineux de la mystique échelle

Paroissoit un vieillard, dont les yeux pétillans

Étinceloient, malgré les ans,

Et peignoient une ame immortelle.

Mille petits Amours, le front ceint d'un turban,

L'effleuroient à l'envi de leur aîle badine,

Ou foulevoient fon doliman,

Ou jouoient dans les plis de fa robe d'hermine,

En s'écriant; *Alla;* car leur Troupe lutine,

Quand il le faut, fçait parler Mufulman.

L'air s'agite, la foudre gronde :

L'échelle avec fracas tremble jufqu'au fommet,

Et des Cieux la voute profonde

Répéte par trois fois : Béni foit Mahomet.

Alors, une voix dit : Ufbeck, l'heure eft venue,

Où je te dois la leçon du bonheur.

Trop haut tu veux porter la vue :

Écoute mes confeils, & commande à ton cœur.

Je ne fuis plus cet Impofteur,

Envoïé pour combattre ainfi que pour féduire :

L'Arabe étoit fait pour l'erreur ;

Il falloit le tromper : il ne faut que t'inftruire.

Épargne-toi des tranfports fuperflus,

De vains defirs, des murmures perdus.

Tu reçus la Raison, mais pour un autre usage;
Le temps vole, tes cris ne sont point entendus;
   Ne pouvant le fixer, embellis son passage.
Du globe où tu nâquis les loix ou les abus
   Ne valent pas la colére du Sage:
Qu'importe dans la nuit une lueur de plus?

      Tu prétends que ton Dieu t'éclaire.
Quoi! dans la profondeur de ses vastes desseins,
Crois-tu qu'il voit les jeux de votre fourmilliére,
Ces Jeux souvent cruels, que vous nommèz divins?
Eh! quel culte pourroit l'offenser ou lui plaire?
Il ne distingue point des hommages si vains,
S'il jette quelquefois un regard sur la Terre,
Ce propice regard est pour tous les humains.
Il n'est pour l'adorer nulle place marquée.
Le Nord & le Midi sont un point sous ses yeux:

      Toute la Terre est sa Mosquée,
   Et sous ses pieds tourne l'axe des Cieux.
Suis la Religion par tes Peres transmise:
De ses dogmes obscurs pourquoi t'inquiéter?

C'eſt un frein pour le Peuple ; il faut le reſpecter. |

Tolére en Citoyen ce que l'homme mépriſe. *

Sois juſte, humain & vrai ; pleure avec l'affligé ;

Soulage l'indigent, & cache tes largeſſes.

Que le foible par toi ſoit toujours protégé

Contre l'orgueil du rang ou l'appui des richeſſes;

Du zéle trop amer réprime les fureurs.

Jure au pied des Autels à l'humanité ſainte

De toujours demeurer parmi ſes défenſeurs;

Du joug de ton Eſclave adoucis la contrainte,

Er ne hais que le crime & les perſécuteurs.

Voilà, mon cher Uſbeck, le cri de la Nature,

Le Code univerſel, la Morale des Cieux.

Cette Religion eſt ſimple, auguſte & pure ;

Elle eſt écrite au cœur de l'homme vertueux ;

Et c'eſt la ſeule enfin qui ſoit ſans impoſture:

---

* *Il eſt clair qu'il n'eſt ici queſtion que de l'Alcoran ; Le Traducteur n'a garde d'adopter la Morale erronée du Poëte Arabe.*

Epicure pour elle abjura tous ſes Dieux;

Libre des devoirs qu'elle impoſe,

Suis l'attrait du plaiſir à tes vœux préſenté.

Le Dieu qui vous permet de reſpirer la roſe,

Permet des autres ſens l'uſage limité.

Les douces paſſions, aimables ſouveraines,

Sont des germes de feu, dépoſés dans vos veines,

Pour le bonheur du monde & ſon activité.

Elles forment ces tendres chaînes

Qui joignent les humains par leur félicité.

L'amour leur eſt donné pour adoucir leurs peines.

Jeune homme, va tomber aux pieds de la Beauté.

Jouis, mais ſans excès, pour jouir davantage ;

Sois toujours délicat, & jamais emporté.

Le plaiſir ſans remords eſt le ſecret du Sage.

Tout ce qui nuit eſt vice & non pas volupté.

Obſerve, Uſbeck, ce que tu viens d'entendre :

Tu deviendras meilleur, devenant plus heureux,

Et, lorſqu'aux élémens il t'aura fallu rendre

Ce frêle corps que tu tiens d'eux,

Ton

Ton ame alors plus fenfible & plus tendre,
Ton ame encor jouira dans les Cieux.
Ces divines Houris, qu'ici tu vois defcendre,
Un jour feront à toi dans un Monde inconnu,
Et des plaifirs fans fin, que tu ne peux comprendre,
Seront le prix d'un inftant de vertu.
Tout di'paroît ; Ufbeck s'éveille :
Ce rêve merveilleux occupe fon efprit ;
Il prend les feux naiffans de l'Aurore vermeille,
Pour les derniers raïons du Soleil de la veille.
Mais, ô Ciel ! que voit-il ? Émé qui lui fourit,
Pleure de joie & l'embraffe & l'inftruit ;
La jeune & fraîche Émé, l'Efclave qu'il adore,
Et qui l'aime à fon tour, autant qu'il la chérit !
Dans fes beaux yeux on apperçoit encore
L'impreffion des craintes de la nuit.
L'Amour eft le Dieu du courage.
Tandis qu'Ufbeck rêvoir dans le bocage,
Sa belle Efclave erroit fur le chemin,
Le demandant aux échos du rivage,

I

Et ne l'avoir retrouvé qu'au matin,

Ta récompense, Émé, ne fut point imparfaite.

De ses bras amoureux Usbeck t'enveloppa,

Et par prudence anticipa

Sur le Paradis du Prophète.

Quel délire enchanteur ! que de muets garans.

Du tendre nœud qui les engage !

Ce bois, déja sacré, le devint davantage

Par les plaisirs de deux Amans.

Tous deux enfin regagnent leur asyle.

La vision d'Usbeck avoit changé son cœur ;

Il sentit que ce globe est formé pour l'erreur ;

Que d'un Sage isolé la plainte est inutile.

Il fit le bien, mais avec moins d'humeur ;

Fut aussi Philosophe, & devint plus tranquile

Il regarda les Sots d'un œil moins irrité ;

A l'Alcoran feignit de croire,

Toléra les Dervis, laissa le Mufti boire,

Et dans le plaisir seul chercha la vérité.

F I N.